골목, 게으른 산책자

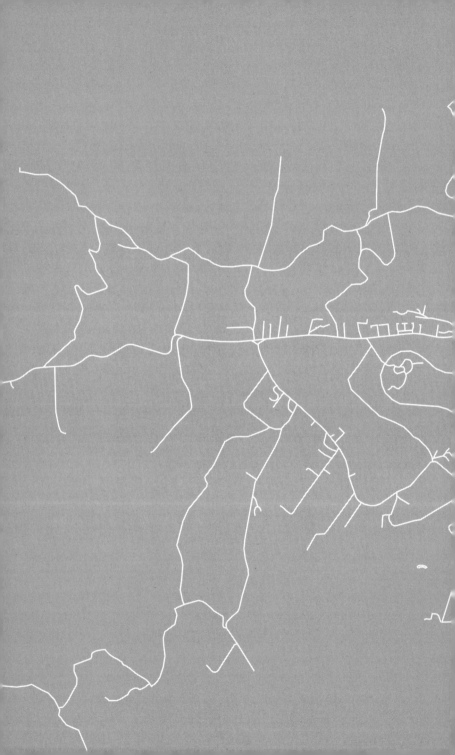

골목,
게으른 산책자

김정미 산문집

달아실

아주 어릴 땐
만약 속에서 놀았던 기억이 많다.
몇 개의 만약으로 나를 보내놓고
돌아올 때가 되었을 땐
단 한 명의 아이만 풀 죽어 돌아왔다.
여러 명의 아이를 꿈꾸었으나
단 한 명의 어른으로 자란 내가
만약에선 여러 개의 심장이 뛰지만
한 번도 나의 심장을 잃어버리거나 헛갈린 적은 없다.
마음에 굳은살이 박혀 있는 늦가을 앞에서
아무래도 괜찮다고 말했지만
그 어떤 대답도 내 것이 아닐 때가 있었다.
그늘보다 더 큰 이파리를 착각해서는 안 되는 것처럼
만약이란 가능성을 손에 쥐고 있으면 땀이 났다.

벌레 똥이 잔뜩 묻은 토분 앞에서
기대를 놓치던 두려움과
놓치던 것을 다시 놓치는 불안
한 번도 가보지 못한 곳이거나
단 한 번도 나를 찾아오지 않은 환한 그곳
도시의 산책자가 되어
오늘은 그 만약이란 따뜻한 가능성에
가만히 어깨를 기대어볼 참이다.
다행인 날이 한참이어서 감사하다.

2022년 겨울이 깊어가는 11월
김정미

차례

1부

하나의 계절이
가고 또 하나의
계절이 왔다

2021.03

© 이윤범

육림고개,
비탈진 언덕의 말

내가 좋아하는 '가스통 바슐라르'는 '울림 있는 공간은 시적이미지를 갖는다'고 했던가. 바슐라르 그가 옳았다. 마음을 설레게 하는 날, **행복은 사소한 것을 사소하게 느끼지 않아야 비로소 사소해지지 않는다.** 그런 의미에서 육림고개와 육림극장은 특별한 공간이다. 육림고개는 육림극장으로 생겨난 이름이다. 겨울이면 육림고개 비탈진 언덕은 아이들의 신나는 눈썰매장으로 변했다. 언덕 아래 육림극장은 서울에서 비껴난 변방. 춘천 사람들의 문화충전소였다. 외화 첫 상영을 손꼽아 기다려보는 재미란 책과는 또 다른 즐거움이다. 아득히 먼 나라 이야기 같지만 불과 20여 년이 채 넘지 않은 이야기다. 전 세계적으로 유행이었던 <해리포터>를 보기 위해 두 아이와 함께 긴 줄을 서야 했던 시간. 내 유년 시절 비 오는 날 어머니와 함께 보았던 <엄마 없는 하늘 아래>란 영화를 보며 가슴이 먹먹해서 울렁거렸다.

육림시장이 춘천을 중심으로 양구, 화천 등 주변 상권을 주도할 만큼 번성했을 때, 육림고개는 사람이 지나갈 수 없을 만큼 점포와 사람들로 북적거렸다. 차가 들어올 수 없는 시장 골목엔 사람과 사람 사이를 지게마다 상자를 실은 인부들이 묘기를 부리며 지나갔다. 그 빠른 몸과 발걸음에 기우뚱하게 기울어진 상자가 바닥으로 와르르 쏟아질 것만 같은 절묘한 길 위의 시간들. 잊혀졌거나 잃어버린 춘천 사람들의 어제가 육림고개에 담겨 있다.

대형 마트로 상권이 옮겨간 육림고개는 한동안 죽어 있는 공간이었다. 하지만 도시재생 사업으로 청년몰이 하나둘 들어서기 시작했다. 젊은이들이 빈 상가에 들어오고부터 숨죽였던 공간은 다시 활기를 되찾고 있다. 보이지 않는 것을 보이게 하는 힘은 불투명한 삶 속에서도 날개를 잃지 않는 것이다. 그 옛날 시장을 오고가던 그 많던 사람들과 상점들은 모두 어디로 갔을까. 하지만 그 자리에 또 다시 주인이 된 젊은이들이 그때 다하지 못한 육림고개에 대해 말하기 시작한다.

누군가 서둘러 상점 문을 닫고 떠나야 했을 가파른 삶이란 언덕, 또다시 희망을 심는 상록수처럼 청년몰 상점 유리창에 볕이 내려앉고 있다.

기대수퍼

망대 골목을 오르다 보면 삼거리에 작은 슈퍼가 있다. 그 슈퍼 이름은 '기대수퍼', 슈퍼가 아닌 수퍼다. 30년이 넘는 세월을 고스란히 틀린 맞춤법을 안고 있는 '기대수퍼'는 사계절 내내 낡은 플라스틱 의자들이 오고 가는 사람들을 먼저 맞이한다. 옹기종기 모여 담장을 나란히 맞대고 있는 지붕 낮은 집들. 좁은 골목을 따라 걷다 보면 쏟아지는 햇살과 그늘이 골목 사람들이 살아온 오랜 시간과 겹쳐진다.

기대수퍼는 약 30년 전, 약사동 산동네에서 가진 것 없이 살아가는 사람들끼리 서로 기대며 살자는 뜻으로 지어졌다.

"망대를 보려면 어느 쪽으로 가야 해요?"

"볼 것도 없는데 뭘 자꾸 찾아들 와?"

퉁명스러운 대꾸와는 다르게 할머니는 슈퍼 밖까지 나와 길을 알려준다.

"기대하지 마. 별것도 없어."

할머니는 슈퍼에서 멀어지는 내 등 뒤에 기대하지 말라는 말을 비수처럼 꽂는다. 그 말이 오히려 기대해야 할 무엇이 남아 있을 것만 같은 건 왜일까. **남루한 하루지만 서로 기대며 살다 보면 어제보다 더 괜찮아질 것만 같은 오늘.** 그런 바람이 희망처럼 모락모락 피어나 망대 골목을 만들어가지 않았을까.

제법, 쌀쌀해지는 바람을 맞으며 망대를 보겠다는 나에게 볼 것도 없는데 뭘 찾아왔냐는 할머니의 주름 가득한 얼굴에서 부챗살처럼 펴진 햇살 같은 한 줄의 시를 떠올린다.

망대

어떤 시간이 지나고 나서야 비로소 알게 되는 것들이 있다. 망대로 향하는 골목과 골목 사이에 작은 화분들이 놓여 있다. 아무도 살지 않던 이곳에 판잣집이 하나둘씩 늘어나면서 사람들이 모여 살기 시작했다. 오늘의 망대 골목은 뿌리를 옮겨 심은 이들이 이룬 또 하나의 숲이다.

일제 강점기에 화재를 감시하기 위해 세워진 것이 바로 망대다. 한자리에 서서 묵묵히 춘천 시내를 오래 내려다보았을 저 외눈박이의 우뚝한 힘. 그 망대의 눈을 찾아가는 골목 앞에서 나는 자주 길이 헷갈렸고 종종 길을 잃었다. 한 사람이 겨우 지나갈 만큼 골목은 좁았고 길은 여러 갈래로 나눠져 있었다. 그래서 삼거리 슈퍼는 망대의 좋은 안내자 역할을 한다. 언덕 중턱까지 올라온 사람들은 슈퍼 앞에 앉아 잠시 숨을 고르며 길을 묻거나 마른 목을 축이곤 했을 것이다.

망대로 향하는 길의 이정표 역할을 하는 '기대수퍼'를 지나 오른쪽 골목을 끼고 조금 더 올라가면 왼쪽으로 계단이 보였다. 서로 다른 모양의 담장을 보면 골목 사람들의 오래된 시간을 느낄 수 있다. 겹겹이 쌓아올린 담장의 돌과 벽돌에서 부서지고 고장 난 삶의 흔적이 보였다. 비바람에 허물어졌던 실패를 다시 쌓아올린 골목 사람들의 빛나는 손. 소중한 경험은 골목 사람들의 또 다른 에너지였을 것이다.

춘천의 도시를 한눈에 내려다볼 수 있는 제일 높은 곳에 세워진 망대. 막다른 골목을 돌아 40미터 계단을 오르면 전망대와 만날 수 있어 발길을 재촉해 초록색 대문을 따라 곧장 올라가 보기로 했다. 왼쪽으로 조금 더 올라가야 망대를 만날 수 있기 때문이다. 골목을 끼고 망대 앞까지 들어서면 가장 먼저 컹컹 개가 짖는다. 골목을 흔들어 깨우는 개 짖는 소리에 할머니가 느린 걸음으로 지팡이를 짚고 나온다. 할머니는 언제부터 이곳에 살고 계셨을까.

"지금은 올라갈 수 없어."

할머니는 개와 함께 문을 닫고 들어가 버렸다.

춘천 시내가 한눈에 내려다보이는 전망대는 아쉽게도 그 안쪽을 지금은 들어가 볼 수가 없다. 망대와 함께 나이를 먹어 가고 있는 감나무 한 그루만이 망대 곁을 지키고 있을 뿐이다. 뜨거운 햇살 아래 실한 열매를 가을 내내 매달고 붉게 익어갔을 게 분명하다. **쓸모를 다한 것들은 또 다시 따뜻해지기 위해 봄이 오기를 기다리는가 보다.** 변함없이 제 자리를 지키고 있는 것들이 곁에 있어 오늘이 따뜻한 것이겠지……

키 작은 집들 사이로 구불구불한 골목의 긴 꼬리를 오래 바라보았다. 이곳 사람들은 자신만의 망대에 올라서서 얼마나 자주 뜨거운 시간들을 되돌아보았을까. 나는 또 얼마나 많은 길을 걸어가게 될까. 또 하나의 계절이 가고 또 하나의 계절이 오고 있다.

2021.03

© 이윤범

벽화

　　　　　이른 봄 햇살이 약사동 낮은 담
장을 기웃거리고 있다. 꾸물거리던 정오의 그림자가 기와에 내
려앉는 시간. 골목의 작은 쪽문과 나지막한 계단 사이로 가만
히 다가가 등을 쓸어주어야 할 것만 같은 고요가 웅크리고 있
다. 약사동 그 조용한 침묵 저편에서는 새 아파트 공사가 한창
이다.

　하늘 향해 키를 높이는 신축 공사 중인 고층 아파트는 보는
것만으로도 위압적이다. 하지만 과거와 현재 사이에 놓여 있는
약사동 마을에도 변함없이 봄은 찾아오고 있다. 회색 벽마다
햇살은 또 하나의 계절을 붓질하고 있다. 누군가 그려놓은 벽
화를 보는 것만으로도 이미 봄은 출렁이기 시작했다. 담벼락
아래 주저앉아 잠시 쉬고 있는 공사장 사내들의 이마에도 봄
햇살이 땀과 함께 번들거렸다.

　고달픈 하루 앞에서는 누구에게나 정오의 휴식이 필요하다.
벽화가 그려진 골목을 걷다가 근처 식당에서 메밀국수 한 그
릇 배부르게 비우고 동네 한 바퀴 둘러보며 봄볕 호사를 누려

도 괜찮은, 이제 그런 봄이다. 곧 약사동 벽화마을은 골목마다 꽃들이 한창일 것이다. 그 꽃물결을 털어내고 골목 식당 문을 나서는 인부들과 이곳 마을 사람들의 곤고한 삶의 좌표는 무엇일까. 흙먼지 묻은 작업화에 딸려오는 아버지들의 하루의 긴 노동. 새벽마다 어린 네 딸을 위해 삶이란 거대한 문을 나섰을 아버지가 떠오르는 골목길이 환해지기를 기다린다. 약사동 벽화 골목은 개발로 상처 난 곳을 잘 보듬어 나간다면 많은 사람들의 위안이 될 것이다. 약사동 빈 벽마다 초록 넝쿨들이 자라나고 빈 마당에는 다시 빨래가 널리는 날을 상상해본다. 밥상에 둘러앉은 싱싱한 저녁을 그려본다. 김이 모락모락 나는 밥상을 마주한 필사적인 오늘이 조금씩 저물어간다. 턱밑까지 차오르는 고달픔을 씻어내는 골목 사람들 속에서 연둣빛 봄이 출렁이고 있다.

권진규
골목

          춘천이 그저 아름다운 호반 도시로만 기억되지는 않는 이유가 있다. 우리나라 근대미술을 대표하는 작가 중 한 사람인 권진규가 있기 때문이다. 약사동 망대 골목에 그가 생활했던 집은 이미 오래전 도로확장 공사로 철거되고 없다. 하지만 가파른 길을 올라가다 보면 언덕 중턱에 권진규 골목이라는 안내도를 만날 수 있다. 이 골목은 권진규가 춘천고등보통학교 재학 시절 지내던 곳이다.

    함흥이 고향인 권진규는 탄광을 소유하던 아버지를 따라 춘천에서 5년간 생활했다. 병약했던 권진규는 이곳에서 어떤 꿈을 키운 것일까. 늑막염으로 보통학교 졸업도 또래보다 늦었던 학창 시절 내내 미술 점수가 유난히 높았던 것도 아닌데……

    권진규가 2학년인 1939년, 양구 출신 화가 박수근도 춘천에서 유화를 그리고 있었다. 두 사람이 특별한 인연을 가졌는지 명확하게 알려진 것은 없다. 하지만 앞서 길을 가고 있는 한 사람의 행보를 권진규는 예사롭게 흘려보내지는 않았을지 모른다.

망댓길 골목집에서 홀로 자신만의 길을 새겼을 그는 더 큰 세상을 꿈꾸며 일본으로 유학을 떠났다. 그렇게 약사동 언덕 길을 오르내렸을 권진규의 오래된 시간을 가늠해본다. 춘천 권 진규미술관, 달아실에 전시되었던 그의 작품들을 가까이에서 감상할 수 있었던 것은 행운이다. 지금은 수장고에 들어가 있 던 700여 점의 작품들이 서울 시립미술관에 전시 중이다. 비 운의 삶을 살다 간 그의 작품들이 세상에 나와 어떤 말을 걸 어올까. 적멸의 공간이 느껴지는 그의 흉상들을 통해 그가 도 달하고 싶은 세계는 어떤 것이었을까. 현실을 초월하고자 하는 영원의 길. 그 적막한 길을 그는 끝끝내 쓸쓸하게 혼자 떠나버 리고 말았다. 군더더기 하나 없이 다 깎아내고 내면만 남아 고 요하기만 한 흉상과 자소상들만 세상에 덩그러니 남긴 채……

이젠 떠나고 없는 것들을 생각하게 되는 사색의 골목길. 춘 천을 찾는 이들이 조용히 산책자가 되어 권진규 골목길을 걸 어보는 것도 좋겠다. 골목을 걷다 보니 여행에서 만났던 크고 작은 골목이 떠올랐다. 베란다 가득 제라늄 꽃잎을 피우던 붉은 풍경들. 나른한 오후와 함께 현관을 지키던 고양이의 눈빛, 나무의자에 앉아 오수를 즐기던 노인의 평화로운 얼굴. 오늘도 오래된 골목은 골목을 지키며 오고가는 수많은 발자국을 맞이하고 있지 않을까. 지금은 떠나고 없는 이들을 오래 그리워하며……

좁은 골목과 나지막한 언덕들은 그때 알지 못했던 것을 지금은 알게 되었을까. 뉘엿뉘엿 지는 해를 따라 골목을 내려가는 사람들이 보인다. 한 소년이 힘차게 골목 아래로 뛰어가고 있다.

국수의 시간을
지나가다

지금은 주인이 바뀌어 더 이상 내가 좋아하는 그 집 쌀국수를 맛볼 수가 없다. 하지만 그전까지는 내게 몇 집 안 되는 단골 식당이었다. 제일백화점과 중앙시장 사이, 그 깊숙한 골목 안쪽으로 들어서면 기름 짜는 집, 각종 식료품과 정육점, 마른 국수를 파는 집 그리고 식당들과 미용실이 있다. 58전집을 지나면 건너편 쪽으로 이국의 냄새가 가득한 베트남 쌀국수 집을 만날 수 있다. 오래전부터 나무 도마에 삶은 돼지 머릿고기가 굴러다니고 오고가는 사람들이 왁자지껄했던 낭만 가득한 장터. 비록 가난했지만 오래전부터 시장이란 공간은 풍요로운 세계였다. 잘 벼른 칼로 나무 도마에 무심하게 닭을 자르는 주인도 한때 이곳에서 자신의 청춘을 쥐락펴락했을 것이다.

시장 사람들의 어제와 오늘이 고스란히 담겨 있는 수장고인 이곳을 지켜온 사람들이 어떻게 삶의 대지를 넓혀왔는지 궁금해진다. 팍팍한 하루치 밥값이 수없이 생성되는 이곳에 들어서면 오래된 사진처럼 찍혀 있는 내밀한 기억들과 마주하게 한다. 그래서 **시장에 오면 국수 면발 같은 젖은 삶의 시간들이 만져진다.**

시장을 오래 지켜온 사람들 속에서 이국의 베트남 쌀국수 집은 어떻게 이곳에 터를 잡게 되었던 것일까. '퍼후에'라는 상호로 베트남 현지인이 가족과 함께 운영했던 국숫집. 붉은 차양 아래 미닫이 유리문을 열고 들어가면 나무 테이블 몇 개가 놓여 있다. 메뉴는 양지머리로 육수를 낸 국수와 돼지 뼈를 우려낸 국수, 그리고 새우를 다진 연필 모양의 바삭한 춘권을 맛볼 수 있다. 찬바람이 부는 날이면 따끈한 국수 한 그릇이면 마음과 몸이 따뜻해졌다,

어쩌면, 앞으로 건너가야 할 시간이 이런 것이 아닐까. 시장의 고유한 모습을 지키는 일과 새로운 것을 함께 품은 넉넉한 세계. 서로를 허락하며 함께 생존하는 일. 그것이 시장 사람들과 시장을 찾는 이들의 몫일 것이다. 그래서 어제와 오늘이 함께 공존하는 이곳을 가꾸는 일이 결국 서로를 오래 지키는 일이다. 사람 냄새 풍기는 시장 곳곳에 내 가족과 시장 사람들의 내일이 있다. 우리가 건너왔거나 앞으로 건너가야 할······.

2021.02

© 이윤범

응답하라
1988

『잃어버린 시간을 찾아서』에서 프루스트는 마들렌을 묘사하는 데만 몇 장을 할애한다. 금방 입속에서 사라질 과자를 몇 장에 걸쳐서 묘사하는 건 압권이다. 이처럼 맛에 매료되는 일은 행복한 일이다. 아주 오래전, 레스토랑 '함지'에서 처음 먹어본 양식이 내게는 그랬다. 그 당시 꽤 전통 있는 레스토랑에서 먹은 함박스테이크는 신선함 그 자체였다. 그때는 아무것도 아닌 것에 주목하는 힘이 있었던 시절이었다. 지금처럼 식당에 대한 정보는 충분하지 않았지만 직접 발품을 팔아 얻어낸 정보는 그런대로 쓸 만했다. 전문적인 마케팅과 과장된 홍보로 인해 씁쓸하게 식당 문을 나서야 하는 지금과는 사뭇 달랐다. 하지만 여전히 음식으로부터 받는 치유와 위로는 소중하다.

함지에서 스테이크나 함박스테이크를 먹을 수 있는 날은 일 년 중 몇 번 안 되는 중요한 날뿐이었다. 1980년대 문을 연 '함지'는 최고급까지는 아니었어도 춘천에 몇 없는 레스토랑 중 하나였다. 40년이 지난 지금까지도 2층 건물의 레스토랑은 건

재하다. 이렇게 추억이 깃든 곳이 오래 유지되는 것은 그곳을 찾는 고객과 지켜주는 주인이 함께 존재하기 때문이다. 식당 곳곳에 놓여 있는 오래된 소품들은 주인과 함께 나이를 먹고 있다. 시간의 흔적을 고스란히 간직하고 있는 메뉴판과 식기들. 요즘 레스토랑에서는 쉽게 볼 수 없는 것들이 대부분이다. 나이 지긋한 웨이터들의 여유롭고 노련한 서빙 기술 또한 이곳에서만 경험할 수 있는 반갑고 정겨운 풍경이다. 거들먹거리지 않는 편안한 느낌의 빈티지 레스토랑은 내 인생에서 특별한 일이 있을 때마다 함께했던 곳이다. 30대였던 주인은 어느새 머리카락이 은빛으로 물든 70대 노인이 되었다.

오래전부터 중앙로를 대표하는 경양식 레스토랑 '함지'가 있다면 육림고개에는 젊은 주인이 운영하는 '1988경양식'이 있다. 이 두 곳은 춘천 사람들에게 어떤 의미가 있을까. 두 레스토랑은 과거와 현재가 공존하는 곳이다. 육림고개에 문을 연 지 6년 된 '1988경양식'은 홍천에서 경양식을 했던 어머니의 손맛을 잇고 있다. 식당 이름 또한 어머니가 홍천에서 1988

년 레스토랑 문을 연 것에 착안했다. 함박스테이크와 돈가스는 1980년대 했던 그 방식을 고수한다. 식당 곳곳엔 레트로 감성이 묻어나는 소품들이 적재적소에서 빛나고 있다. 몇 십 년 동안 자신의 어머니가 쓰던 소스 그릇을 아들인 그가 대를 이어 그대로 사용한다. 식당 한쪽 벽면에 놓인 100년이 훌쩍 넘은 턴테이블에 LP판을 올려놓고 잠시 잊고 있었던 시간 속으로 흘러가 보고 싶어진다. 육림고개가 내려다보이는 창가에 저녁이 천천히 내려앉고 있다.

시간이 흘러도 레스토랑 '함지'는 그때의 추억과 품격을 그대로 간직했으면 좋겠다. 변화의 속도에 맞추는 것을 비판할 수만은 없지만 누군가의 추억을 지키는 일이 값진 것임을 부인할 수 없다. 그런 의미에서 '1988경양식'과 '함지'는 바쁘다는 이유로 잊거나 잃고 살았던 것을 향해 응답하라고 말하고 있다. 좋은 삶을 사는 것은 미각, 촉각, 후각, 청각, 시각의 오감이 얼마나 예민하냐와 관계가 있다. 같은 장소에서 같은 음식을 먹어도 정서에 따라 느껴지는 것이 다르다. 그때 느꼈던 그 감정을 온전히 느끼기 위해 나는 무엇을 해야 할까. 행복은 멀리 있지 않다. 온전히 지금을 살 때만이 가능하다. **우리는 타인의 욕망을 욕망한다고 한다. 그 욕망으로 가득했던 시간으로부터 자유로워질 수 있다면, 응답하지 않는 것들에 대해 이제 그 답을 기다릴 것이 아니라 먼저 답을 찾아야 할 타이밍이다.**

2021.03

뻥튀기

겨울 햇살이 따뜻한 날. 청년 상인 특화 거리로 조성된 육림고개는 오고가는 사람들로 분주하다. 한때 상권이 다른 곳으로 이동한 후 육림고개를 찾는 사람이 드물었다. 문을 연 점포보다 닫은 점포가 더 많았다. 시장의 몰락은 시장 사람들뿐만 아니라 이곳을 찾는 사람들 발길마저 끊기게 했다. 어려운 상황을 견디지 못하고 많은 상인들이 시장을 떠났다.

그 자리에 다시 청년들이 운영하는 50여 개의 새 점포들이 들어섰다. 이젠 제법 활력이 느껴진다. 청년 상인들은 과거 재래시장을 감각적인 상호명과 이색적인 상점들로 변화시켰다. 다시 시장이 젊어졌다. 그 속에서도 유독, 내 눈을 끄는 곳이 있다. 강냉이를 튀겨주는 뻥튀기 상점이다. '강냉이 튀깁니다'라는 작은 입간판과 처마 아래 달아놓은 현수막 글씨가 전부인 허름한 가게. 문 밖, 나무 선반 위에는 튀겨놓은 색색의 튀밥이 비닐봉지에 담겨 진열대에 놓여 있다. 튀밥 튀기는 소리에 썰렁했던 골목 안이 다 환해진다.

예쁘게 디자인된 점포들 사이에서 꿋꿋이 제자리를 지키고 있는 오래된 뻥튀기 상점. 그 고소한 튀밥의 감동은 변화해가는 모습 속에서도 필연적으로 연결되는 희망의 이미지가 있다. **절망하기엔 너무 이르다며 희망을 튀기는 눈부신 "뻥이요" 하는 힘찬 소리가 골목 밖까지 들려올 것만 같다.**

중앙시장

중앙시장은 맛과 낭만이 숨 쉬는 곳이다. **기름 짜는 냄새, 돼지 머릿고기 삶는 냄새, 이 모든 것들이 섞인 시장은 경건한 삶의 방식이자 터전이다.** 시장이 지금의 맛을 지키기 위해 얼마나 많은 변화의 속도를 견뎌내야 했을까. 춘천 중앙시장은 1952년 미군들에 의해 작은 점포들이 들어서기 시작했다. 군수 물품과 잡화를 팔던 시장이 1960년에는 시장의 활성화를 위해 상인들이 땅을 구입해서 춘천 중앙시장을 발족시켰다.

중앙시장 안쪽인 뒷골목으로 들어서면 각종 식료품과 간, 천엽 등 돼지와 소의 부산물을 파는 정육점과 크고 작은 식당들이 있다. 그리고 시장 골목 바깥쪽에는 속옷과 의류, 한복, 이불, 실과 단추를 판다. 다양한 품목들이 노점에 나와 사람들의 손길을 기다리고 있다. 미군 군수품을 함께 팔아서일까. 수입 식료품과 수입 의류를 파는 일명, 양키 시장이라 불리는 공간은 또 다른 추억의 장소다. 지금은 온라인이나 대형 마트에서 손쉽게 구할 수 있는 수입품들이지만 내가 어렸을 때만 해도 쉽게 사거나 구하기 어려웠다. 치즈, 초콜릿, 비스킷 그리고 알록달록한 사탕 앞에서 마음 놓고 조르지 못했던 유년의 시간들. 하지만 그 시간이 결국 마음을 따뜻하게 하는 추억인 것을…….

다닥다닥 조개껍질처럼 모여 있는 상가들은 와자지껄한 소리와 함께 달콤하고 쌉싸름한 맛을 지니고 내 유년의 기억으로 남아 있다. 비록 가난했지만 시장이란 공간은 풍요롭다. 없는 것 빼곤 모두 있다는 재래시장은 마치 요술 상자 같다. 춘천 사람들의 삶의 수장고인 중앙시장. 오랜 세월 속에 시장을 지켜온 힘은 무엇이었는지 그 맛과 낭만이 새겨진 세계를 어떻게 넓혀왔는지 궁금해진다. 어쩌면, 중앙시장이 앞으로 건너가야 할 시간은 더 힘겨울지 모른다.

하지만 바닥이 바닥을 쌓아올리는 고유한 맛을 지키는 일과 새로운 맛을 함께 품은 넉넉한 세계. 맛이 맛을 허락하며 함께 따뜻하게 익어가는 소리. 사람 냄새 진하게 풍기는 중앙시장 곳곳에 내 가족과 시장 사람들의 이야기가 있다.

2021.03

© 이윤범

약사리
고개

어떤 사물이나 대상과의 마주침은 필연일까 우연일까. 많은 존재가 인연으로 시작한다. 들뢰즈는 '사유란 예기치 못한 사건과의 조우로부터 생겨난다'고 한다. 낯선 환경이 생각을 하도록 한다는 것이다.

그렇다면 춘천이 고향인 나는 내가 사는 지역에 대해 얼마나 알고 있을까. 우연한 기회에 약사동과 인연을 맺고 나서야 그 의미에 대해 생각해보았다. 약사리 고개는 약사동에서 죽림동으로 넘어가는 고개이다. 약사동의 '약사'는 조선시대 약사명동에 크고 작은 약방들이 길가를 중심으로 하나둘 생겨나 붙여진 이름이다. 1970년대 중반까지 한약사들이 길을 따라 한약방을 열고 이 약방들이 밀집된 약사원이라는 이름이 붙게 되었다.

중학교 때 몸이 허약했던 나는 어머니 손에 이끌려 약사리 고개에 있는 한약방을 자주 다녔다. 꽤 용하다고 입소문이 난 한약방에 들어서면 한약 냄새가 내게 알 수 없는 힘을 주었다. 진맥을 마친 늙수그레한 의사는 서랍이 빼곡한 나무 약장에서 한약재를 꺼내 봉지 두둑하게 약을 지어주곤 했다. 그 느린 손에서 신중함마저 느껴졌다. 그때부터 나는 '천천히'라는 말에서 이상하게도 안정감을 동시에 느꼈다. 중학교 3년 내내 한약이 든 보온병을 들고 학교를 다녀야 했던 내 아픈 시간들에선 알싸하고 쓴 냄새가 자꾸 맡아진다.

약사라는 매력적인 이름답게 약방을 중심으로 인구 밀도가 제법 높았을 이곳. 지금은 이 고개로 2차선 도로가 나 있다. 소양로의 사창 고개와 함께 춘천의 유명한 고개다. 1988년 도시 정비 사업으로 약사동 복개천 위에 80여 개의 풍물시장 점포가 문을 열면서 점차 약사리 고개까지 늘어나기 시작했다. 하지만 지금은 도시 개발로 그 상권이 다른 곳으로 옮겨간 상태다. 약사리 고개 주변으로 풍물시장과 함께 떠들썩했을 그때의 활기찬 모습을 다시 만날 수 있을까.

약사리 고개를 넘을 때마다 지나간 시간의 흔적이 느껴진다. **사람과 시장이 시장과 이웃이 서로가 서로에게 스며들게 했을 활기 넘치던 곳. 춘천 사람들의 깊은 애환이 서린 고갯길에는**

어떤 이야기들이 다시 수런거리고 있을까. 그 많던 사람들은 모두 어디로 갔을까. 모란이 뚝뚝 떨어져버리는 계절이 지나면 또 다시 새로운 꽃이 피어나듯이 활기찬 약사리 고개와 그때의 풍물시장이 그립다. 보이지 않는 채찍을 휘두르듯 돈의 위상이 약사동을 헤집어놓지 않았으면 좋겠다.

바람
죽비

바람이 분다. 나는 숲을 걷기 시작한다. 잣나무 사이엔 키 작은 꽃들이 피어 있다. 숲은 사소함마저도 아름답게 하는 힘이 있다. 모양도 빛깔도 제각각이지만 저마다 제 나름의 방식으로 살고 있는 자유 속의 푸른 질서를 생각하다 잠시 걸음을 멈추고 하늘을 올려다본다.

나뭇잎이 흔들린다. 나도 잠시 흔들린다. 내 안에 나를 깨우는 바람 죽비 소리에 마음의 귀가 열린다. 부러워하면 지는 거라는 말처럼 누군가의 눈부신 성장에 부러워만 하지 말고 그 주인공이 되어야 한다는 보이지 않는 압력이 또 다른 죽비로 등이 후끈해진다. 그 보이지 않는 힘은 무언가를 시작하게 하고 포기하게 하기도 한다. **우리는 얼마나 많은 것을 시작하고 체념해야 행복해질 수 있을까.** 삶을 포기하지 않는 한 수불석권하며 치열한 삶을 살 수밖에 없다.

세상은 여전히 배우고 익혀야 하는 것들로 가득하다. 몇 달이 채 넘기도 전에 새로운 제품들이 쏟아져 나온다. 미처 기능을 익히기도 전에 새로운 제품에 익숙해져야 한다. 지금 세상은 속도와 뜨거운 전쟁 중이다. 삶은 속도가 아닌 방향의 문제라고 말하지만 속도에 흔들리기 일쑤다. 무엇보다 방향이 중요하다는 걸 모를 리 없는데도 말이다.

구름은 자꾸 한쪽 방향으로 흘러가고 오늘만큼은 아무것도 배우고 익히지 않아도 좋은 게으른 하루를 보낼 작정이다. 어디선가 그건 퇴보하는 일이라고 불안을 부추긴다. 하지만 오늘만큼은 느림의 미학을 맘껏 즐겨볼 생각이다. 아무것도 하지 않아도 괜찮은 그런 게으른 하루. 원칙으로부터 유연해지는 일에 대하여, 일상에서 벗어나 홀홀 떠나야 보이는 것들에 대하여, 거리를 두어야 제대로 보이는 것들에 대하여…….

가을이 깊어간다. 이런 호사스러움에 가까운 게으름을 누릴 준비가 아직 안 되어 있다면 그것이야말로 바람 죽비가 필요한 날이 아닐까. 어느 골목 카페에 들어가 뜨거운 커피 한 잔 마셔야겠다. 그리고 느릿느릿 밀림 같은 세상 속으로 다시 걸어가기 위해 숨 한 번 크게 쉬어야겠다.

2부

쌉싸름하고
뜨거운 힘은
나팔꽃으로 피고

여전히 여름에
남아 있는

더 이상 신기하게 보일 것이 없
다는 것은 안심할 일인가. 쓸쓸한 일인가. 도토리가 톡톡 떨어
지는 계절이 오고 푸릇푸릇했던 시간이 사라지는 일은 기억에
관한 일이다. 그 많고 많은 날 중 우리는 왜 폭염의 날씨에 익
선동에 가고 싶어 했을까. 팬데믹이란 전 세계적인 코로나 전
염병 위기 속에서도 만나야 했고 또 기어이 그곳을 가야 했던.
안국역에서 만나기로 하고 몇 번이나 가던 길을 되돌아가길 여
러 차례 그리고 나서도 한참 후에야 우린 익선동에 도착했다.
옛 골목과 오래된 건물을 현대식 건축물로 재구성한 익선동은
어제와 오늘이 절묘하게 조화를 이룬 모습이다. 도시 중심에서
비껴간 종로3가 익선동은 주머니가 넉넉하지 않은 사람들을
환대하는 골목이다. 골목 문화를 즐기는 사람들이 결국 골목
의 주인공이라고 해야 할까.

골목을 걸을 때마다 눈을 끄는 이색적인 카페와 음식점, 각
양각색의 상점들. 골목 순례를 마치고 나서야 한옥 카페 대청
마루에 앉아 주문한 차를 마실 수 있었다. 골목의 꺼진 등이

하나둘 켜지기 시작하면서 익선동의 저녁은 싱싱해지기 시작했다. 친구와 나는 점점 싱싱해지는 일과는 거리가 멀어지고 있지만 서로의 저물어가는 시간들에 대해 애써 모른 척하고 싶지 않았다.

"그래, 그렇게 저물어야 다시 환한 아침이 오는 거겠지."

말수가 적어진 친구와 나는 서로의 꺼진 창을 들키기라도 한 것처럼 어깨를 움찔거리다 애꿎게 찻잔만 만지작거렸다. 익선동 골목마다 젊은이들의 웃음소리가 나팔꽃처럼 피어나는 것만 같았다. **어느새 어둠에 지는 것들도 피는 것만큼 아름답게 느껴졌다.**

규칙
깨기

편안함을 깨는 것으로부터 여행은 시작이다. 삐걱이는 침대, 나날이 늘어나는 피로, 불친절한 프런트의 안내, 입맛에 맞지 않는 음식. 여행은 기타 여러 가지 안락함으로부터 멀어지는 일이기 때문이다. 그럼에도 불구하고 왜 예측불허의 순간이 지속되는 길 떠나기를 하는 것일까. 그건 아마 한계, 그 너머를 탐색하기 위한 것이란 생각이 든다. 길 떠나기는 유일하게 적법한 일탈이다. 새로움에 스스로 답하는 나름의 방식이지 않을까.

슬로바키아를 향해 가던 고속도로 휴게소에서 우연히 보게 된 끝도 없이 펼쳐진 검은 해바라기밭, 검은 사막처럼 펼쳐진 죽은 해바리기들은 매혹적이었다. 뜻밖의 풍경을 마주하고 나서야 내게 변화는 이미 시작되었다는 예감. 나는 이미 나를 옭아맨 규칙이란 마법에서 풀려나고 말았음을 눈치 채고 말았다. **모든 조건으로부터 벗어나야 단단한 규칙들이 깨진다**는 것을 알게 되는…….

친숙해져 있는 것들로부터의 이별을 고하는 일은 그저 손에

잡은 것을 놓는 것만으로도 이미 충분하다. 내 앞에 있지만 일상의 배후에 숨겨져 제대로 보지 못했던 것들이 명료해지는 지금 순간이야말로 바로 규칙 깨기의 좋은 시간이다.

카프카,
그 집 앞에서

걷기가 순조로울 때 안도감이 느껴진다. 낯선 곳에서의 짜릿한 모험을 그리 즐기는 편이 아니라면 여유롭게 길을 걸을 일이다. 광장을 걷는 사람들은 전차가 지나가는 소리와 함께 비둘기가 쪼아 먹다 남긴 한낮을 맴돈다. 늙은 악사 앞에는 몇 유로의 지폐와 오후의 햇살이 놓여 있다. 시계탑 앞에서 바이올린 선율이 울려 퍼지는 동안 나는 낯선 나라에서 철저한 이방인일 뿐이다. 여행하는 내내 오롯이 혼자와 마주하는…….

18세기 이후 귀족과 귀족 자녀들에게 그랜드 투어 유럽 여행은 필수였다. 여행 기간은 보통 2년에서 3년 정도였으며 트렁크 목욕통, 침대 등 800여 개의 가방을 들고 교양과 인맥을 넓히는 여행을 다녔다. 그 많은 짐과 불편함 속에서도 여행이 특정한 규칙으로부터 자유로울 수 있을 때 그 규칙은 필연적이다. 비행기가 공항에 이륙하는 순간 그 떨림과 긴장감은 숙소에 도착하자마다 여행 일정에 따라 새로워진다. 내겐 체코에 대한 묘한 끌림이 그랬다. 아마 혼자 떠난 여행과 카프카가 있었기 때문일 것이다.

카프카는 참 영특한 사람이다. 그는 똑똑했기에 아버지와 힘겨루기를 일찍 포기했을 것이다. 그 어렵다는 사법고시도 그렇고 그 당시 최고의 직업인 보험사까지. 그런 카프카에게 평생 따라다니던 아버지란 커다랗고 어두운 그림자. 카프카의 「변신」에서 그레고리 잠자는 카프카 자신이었음을 짐작할 수 있다. 첫 장면부터 이미 그레고리 잠자는 벌레로 변신한다. 변신을 끝낸 벌레 그레고리 잠자로 인해 차갑게 변하는 여동생과 가족들. 가장 많은 이해와 지지를 보냈던 여동생마저 효용가치가 사라진 자신 앞에서 냉담하게 변하는 변신이야말로 주목해야 한다. 변화무쌍한 시간인 청소년 시기에 라즈니쉬와 함께 내게 큰 영향을 주었던 까뮈, 헤세 그리고 카프카. 그래서일까. 나는 카프카 생가를 찾아가던 그 길을 잊을 수가 없다. 어딘가 냉소적인 표정의 포스터 속 카프카 얼굴은 낯설지 않았다.

낯선 세상 속으로 걸어가야만 간신히 닿을 수 있는 곳. 그곳에 닿기 위해 애썼던 시간들. 그 애씀이 그저 테이블에 덩그러

니 놓인 사물 같을 때가 있다. 자꾸 마음에 혼자 구멍을 만드는……. 귀를 쫑긋거리는 고양이를 바라보는 거리의 이방인이 된 내게 "그래도 괜찮아"라고 말해줄 것만 같은 이미지 하나가 내게 남아 있는…….

 카프카, 그 이름 앞에 모든 슬픔의 명제들이 주어진 것만 같다. 하지만 표현할 수 없는 것들을 자연스럽게 진술하는 카프카 같은 영특한 작가들이 부럽다. 어떻게 해도 모순될 수밖에 없는 이유와 제거할 수 없는 관계는 카프카에 의해 번뜩이게 묘사된다. 언어는 실재를 그림으로써 실제와 연결된다는 비트겐슈타인의 말에 고개가 끄덕여진다. 카프카 그 집 앞에서.

홀로,
그리고 커피

커피는 홀로 있음이다. 즉 나이 들수록 혼자만의 시간을 견딜 수 있어야 한다. 고독은 나로 있음의 상태이기 때문이다. 유럽 여행에서 종종 만나는 풍경 중 하나가 카페테라스에서 혼자 책을 읽거나 커피를 마시는 여유로운 모습이다. 낯선 곳에서의 여유로움이야말로 나 자신을 바꾸는 데 기여한다. 기꺼이 내게 자유로움을 허락할 때만이 홀로가 될 수 있다.

그것은 어쩌면 사물과 사람들로부터 분리된 자신만의 세계를 발견할 때만이 가능한 것 같다. 그래서 **커피를 혼자 마신다는 것은 스스로 고독의 숲을 거니는 일이다.** 글을 쓸 때 빼놓을 수 없는 커피라는 각성제. 그 쌉싸름하고 뜨거운 힘은 매달린 절벽에서 손을 떼지 않기 위함이다. 살기 위한 일이다. 기꺼이 홀로라는 시간을 나에게 분배하고 그 분류된 시간 속에서 세상을 이해하려는 나의 눈물겨움이다.

누군가 말한다. 서로의 간격을 좁히는 데 커피만큼 좋은 긍정적 역할을 하는 게 또 있겠냐고. 성숙한 관계는 차를 마신다고 하지 않던가. 내게 차 한 잔이 절실하게 필요해지는 순간 나는 또 기꺼이 홀로가 되기로 한다. 창조자에게 고독은 운명이라는 니체의 말을 받아들이기로 한다. 커피는 스스로를 돌보게 한다는 말을 믿고 싶은 가을 오후다.

겉멋,
에스프레소

이탈리아에는 우리가 즐겨 마시는 아메리카노가 없다. 미국조차도 1990년대까지는 유럽 커피를 동경했을 정도다. 그래서인지 이탈리아 여행에서 마셨던 에스프레소 그 맛을 잊을 수가 없다. 첫 유럽 여행지인 이탈리아 로마에서 맛본 에스프레소에서 문득 내 커피에 대한 겉멋이 느껴졌다. 커피에 대한 겉멋의 가능성은 오래전부터 시작되었던 것 같다.

"좋은 책을 읽는다는 것은 몇 백 년 전에 살았던 가장 훌륭한 사람과 대화하는 것이다"라는 말처럼 경제적 빈부 격차보다 삶의 양극화를 만드는 것이 독서의 빈부 격차이다. 고등학교 시절, 언니가 읽던 죽는 것이 영원히 사는 길이라는 도통 이해하기 어려웠던 크리슈나무르티의 『자유로부터의 도피』라든지, 부조리에 대해 생각하게 했던 까뮈의 『이방인』 등 손에 잡히는 대로 책을 읽었다. 세계문학전집과 한국단편소설전집, 에세이 등 그 종류를 가리지 않고 책 속의 세계를 탐닉했다. 감수성이 풍부했던 그 시절 나는 세상의 모든 무게를 짊어진 얼굴을 하고 살았던 것 같다.

책을 읽는 내내 어머니가 외출한 틈을 타 몰래 쓰디쓴 가루 커피를 맛도 모른 채 마셨다. 그 후로도 달달한 시럽과 우유가 듬뿍 든 커피의 유혹에도 불구하고 난 에스프레소를 주문하곤 했다. 7그램에서 8그램의 양을 20그램의 압력으로 축출하는 에스프레소는 물과 우유를 첨가한 그 어떤 커피보다 중독성이 강하다. 인생의 쓴 맛을 본 사람처럼 나는 에스프레소 앞에서 조금 더 서둘러 어른이 된 것 같은 착각에 빠지곤 했다.

북유럽은 드립 커피, 남유럽은 에스프레소 문화를 갖고 있다. 혀끝에서 멈추지 않는 에스프레소의 깊은 맛과 달콤한 디저트의 불꽃같은 맛. 질 좋은 커피 앞에서 무장 해제되곤 하는 나의 커피 사랑은 꽤 오래 지속되었다. 하지만 더 이상 카페인 섭취가 자유롭지 않게 되고서야 그 오래된 겉멋이 끝나고 있음을 알게 되었다.

고온에서 커피를 내리면 커피 품질이 떨어진다. 그러나 질보다 양이 우선이었던 미국은 유럽 여행이 늘면서 유럽 커피숍이 뉴욕에도 생겨나기 시작했다. 유럽 커피의 재발견 속에 골목을 점령한 스타벅스도 탄생되었을 것이다. 이제, 카페가 없는 골목은 더 이상 골목이 아니다. 커피를 대신할 강력한 그 무엇이 있기 전에는 커피의 대항마가 없을 듯하다. **아무것도 하지 않는데 그 무언가를 해내곤 하는 것, 그 안에는 겉멋의 본성이 꿈틀대고 있다.** 길 위에서 커피 한 잔에 무작정 심장까지 뜨거워지는…….

2022

달을
그리다

어머니가 우리 곁을 떠난 지 어느새 2년이 되어간다. 네 딸들의 안위와 무사를 염원하던 어머니의 등은 다름 아닌 쓸쓸한 달빛 무덤이었는지 모른다. 나 또한 더 이상 세상과 맞설 수 없는 시간과 마주할 때 무엇을 소망하게 될까. 저녁 창가에 서서 낙타의 눈으로 달을 올려다본다. 특별할 것 없는 삶. 사막에서 네 발을 접고 먼지 묻은 갈기를 손질하는 동안 온통 달로 가득 차 있을 것만 같은 길. **젖은 눈꺼풀 사이로 경이로운 길이 열리는 곳, 길은 때론 우리들에게 얼마나 많은 것들을 증명해 보이는가.**

그것을 증명해 보이듯 어둠의 귀결엔 달이 있다. 달에게 초점을 맞추면 어둠의 의미가 달라진다. 사실상 달을 중심으로 방향을 바꾸면 어둠은 불안전한 것이 아니다. 일상적 놀이처럼 저녁 산책을 하다 달을 올려다보면 나는 새로운 결단이 필요해지거나 어떤 귀결에 대해 미리 정해놓은 것을 되돌아보곤 한다. 그리고 무언가 되돌릴 수 없는 시간과 마주할 때 나는 사막의 사람들을 생각하곤 한다.

고대 아랍 상인들의 향료 루트였던 네게브 사막, 그곳은 오후 5시가 넘으면 어둠이 찾아든다. 끝도 없이 걸어야 했던 그들에게 달은 삶의 길을 비추는 등불이었으리라. 나 또한 생의 한가운데를 지날 때마다 어머니가 그랬듯이 달의 시간과 만나게 되지 않을까.

걷는
사람

걷는 사람이 보인다. 마치 길이 전부인 것처럼 걷고 또 걷는 사람들. **산책자는 지독한 피로와 안락을 지나쳐 기꺼이 고독해지는 일을 선택하는 사람이다.** 낯선 카페나 골목 그리고 변덕스러운 날씨, 어떤 조건에서도 아무런 방해를 받지 않고 걷는 일은 또 하나의 문턱을 넘는 일이다. 결국 문턱이란 사람이 만드는 일이 대부분이어서 그것을 낮추거나 없애는 것도 사람이다. 그 문턱을 향해 매일 매일을 쌓아 자유를 만드는 사람들. **걷는다는 건 세상의 그늘과 맞서지 않는 것이다.** 고통 없이 그늘을 열고 나가는 법을 절대 먼저 말해주지 않는 그런 계절 앞에서도 버팅기고 살아내야만 알 수 있는 것들이 있다. 화들짝 바람에 놀라 봄이 지고 있다. 영원히 지속될 것처럼 보였던 것들이 하나둘 또 하나의 계절을 넘고 있다. 걷는 사람이 걷는 사람을 바라보고 있다.

골목의
힘

　　　　　　말이 잘 통하지 않는 곳에서 안전함보다 설렘을 경험하고 싶을 때 그럴 땐 걷고 또 걸어볼 일이다. **여유롭게 목적 없이 느릿느릿 걸을 수 있어야 게으른 산책자가 될 수 있다.** 세상이란 골목에는 너무나 많은 이야기들이 있기 때문이다. 다양한 인간과 문화가 존재한다는 것을 걷다 보면 자신도 모르게 알게 된다. 어쩌면 모르기 때문에 더더욱 습관처럼 새로운 길을 찾아 여행을 선택하는지도 모른다. 그것은 일종의 신념과도 같아서 길의 세계에 발을 들여놓아야만 가능한 일이다.

　늘 어딘가로 걷기 위해 떠나거나 떠나기 위해 걷는 사람들에게 길은 필연적이다. 생존을 위해서든 그 무엇이든 길이란 명제는 던져버릴 수 없는 오래된 인류의 방식이다. 또한 스스로와 타자를 움직인다. 그렇다면 유쾌한 경험으로 기억되는 길은 어떤 모습을 드러낼까. 조금 더 생각해보면 골목에서는 무언이든 가능하다는 생각마저 든다. 퇴근길의 왁자한 골목에는 음식 냄새가 가득하다. 담장 너머로 아이들이 웃음소리가 달큰하게 굴러다닌다. 어제와 오늘을 고스란히 기억하는 울림이 골목으로 확장되어 마음까지 전해지기 때문이다.

길을 걷는 데는 생각보다 치밀한 계획이 필요하지 않는 경우가 대부분이다. 일상을 떠나 낯선 곳을 찾아가야 하는 일이 아니라면 걷는 일은 대부분 순조롭다. 걷다 마음이 움직이는 대로 방향을 정하거나 운 좋게 커피 맛이 좋은 곳을 알게 되었다면 대만족이다. 나는 새로운 일을 벌이는 것을 그리 좋아하지 않는 편이어서 그냥 걸으면 그만이라는 생각을 가질 때가 많다. **걷다가 내가 어떤 사람인지 알게 되기도 하는 그런 일에는 그저 한 스푼의 여유와 자유만 있으면 그만인 것이다.**

길
위에서

삶의 안정감은 어디서 비롯될까. 곰곰이 생각해본 적이 있다. 누군가에게 또는 세상으로부터 거부당한 적이 없다고 느낄 때, 그러나 생생한 삶의 안정감을 길 위에서 만드는 이들도 있다. 낯선 여행지에서 지친 몸을 끌고 잘 정돈된 호텔의 침대에 누웠을 때 느끼는 안도감. 그 이상한 안도감에서 때론 설렘과 두려움이 중첩된다.

안도하고 그러나 또다시 떠나는 삶을 살아야 하는 이들이 있다. 끝도 없이 펼쳐진 네게브 사막에서 염소와 낙타를 키우며 700년 동안 살고 있는 베두인들. 그들의 삶은 내밀한 공간과는 거리가 먼 길 위에서 시작되고 길 위에서 끝이 난다. 우리들의 시간은 어디부터 시작해서 어디서 끝이 나는 것일까. 연평균 강수량이 우리나라의 4분에 1에 지나지 않는 사막이 삶의 터인 베두인들. 그들은 70미터가 넘는 깊은 땅속에 자신의 전부를 건 나무처럼 살아간다. 먼지 가득한 사막에서 그들 삶은 신비에 가깝다. 오래전부터 낙타와 함께 향료를 싣고 사막을 걸어왔던 사람들. 그들은 그렇게 삶의 무게를 등에 진 채 길 위에서 살아가고 있다.

안정감과는 거리가 있던 시간이 내게도 있었다. 교실 창문 틈 사이로 새어 들어오던 매캐한 최루탄 냄새는 일종의 공포였다. 청소년 시기 나는 무거운 그 시대를 통해 분노보다는 의문과 불안을 직감적으로 터득했다. 내 불안의 근원은 무엇일까. 단 한 번도 길 위에서 멈춰본 적이 없는 이들이 겪어야 하는 고통은 어디에서 비롯된 것일까.

이베리아반도에서 두 달 반을 걸어야 낙타 등에 실은 향료를 지중해로 가는 배에 옮길 수 있었던 고대 이슬람 상인들. 그들에게 **사막은 온몸으로 정직하게 걸어야 도달할 수 있는, 죽음과 삶이 함께한 길이다.** 우리들이 가고 있거나 가야 하는 길 또한 수많은 필연과 우연이 함께하는 곳, 그래서 만남과 헤어짐이 반복되는 길이 주는 깨달음이다.

동방의 향신료에 매료된 유럽인들이 각종 향신료를 탐하던 탐욕의 시대. 과연 그 길로부터 우리는 얼마나 자유로워진 것일까. 삶의 길을 걷는다는 것은 그 쉼 없음에만 존재하는 것은 아닐 것이다. 잠시 멈춰 있는 동안, 그 순간마저도 우리는 어쩌면 뜨겁게 살고 있었던 것은 아니었을까. 낙타가 일으키는 먼지마저도 삶과 죽음이 공존하는 뜨거운 길 위의 세계. 그 속에서 낙타의 슬픈 눈과 마주친 것도 같다. 어쩌면 그것은 사막을 건너는 내 자화상인지 모른다. 그래서 오늘도 나는 모래바람 부는 길 위에 서서 낙타의 눈으로 세상을 보고 있는 중인지도…….

그림자, 너무나
낭만적이거나 가혹하거나

그림자는 '사람을 사람으로 만드는 무엇'이라고 어느 작가는 말한다. 타인의 환대에 익숙한 삶은 그 그림자와 함께해야 한다. 그 그림자를 지우기 위해 세상이란 길을 형벌처럼 걸어야 할지 모를 일이다. 마치 끝도 없이 자신을 향해 굴러 떨어지는 시시포스의 돌을 다시 밀어 올려야 하는 일처럼 말이다. 그 운명과도 같은 검은 그림자와의 결별이 정말 가능할까. 오늘 당신은 그 일이 가능한가요. 불안할 때 기댈 그림자를 찾아 휴대폰을 들어 전화하지 않을 용기. 나를 홀로 둘 그런 용기를……

나는 오늘 기꺼이 혼자이기로 한다. 읽던 책을 옆구리에 끼고 운동화를 신고 골목이나 호숫가를 배회할 작정이다. 내게 그림자를 떨쳐낼 가장 확실한 방법 같은 건 없다. 다만 걸을 뿐이다. 걷다 쌀쌀해지면 우유 거품이 듬뿍 든 따뜻한 카푸치노 한 잔이면 그만이다. 창가에 앉아 책장을 넘기다 메모를 하기도 하고 잠시 낭만적일 수 있다는 것에 죄책감을 갖지 않을 생각이다.

내 안의 뜨거운 것들을 내려놓을 때 그림자 없는 나를 만날 수 있지 않을까. 가장 먼저 성취해야 하는 것보다 가장 먼저 너그러워져야 할 것들에 익숙해지기까지 오래 걸어볼 일이다. 하지만 그림자와 함께 걷는 일은 쉬이 끝나지 않을 것 같다. 그것은 너무나 낭만적이거나 가혹하므로.

지나쳐버린 것들

길은 길로써 힘이 있다. 무작정 걷다 보면 어떤 글감의 발상이 떠오르기도 한다. 그래서일까 독일 하이델베르크에서 가이드가 안내해준 말이 오래 잊혀지지 않는다. 시간만 더 허락했다면 괴테의 산책길을 걷고 싶었다. 하지만 우리에겐 시간이 부족했고 먼발치에서 보이는 숲길을 그저 바라보는 것으로 만족해야 했다.

주말이면 가까운 숲길을 산책하곤 한다. 나무들이 늘어선 숲에서 만나는 꽃들과 새 그리고 하늘. 발아래서 포슬포슬 밟히는 흙길의 느낌이 참 좋다. **숲을 한참 걷다 보면 생각한다는 것 그 행위 자체를 잊을 때가 있다.** 머리가 복잡할 때마다 생각을 생각하기 위해 길을 걸었던 내겐 놀라운 일이다. 불교에서 말하는 무심의 상태가 이런 것이 아닐까 하는 생각이 들었다. 그 무엇에도 집착하지 않는 공의 마음 같은……. 숲에 펼쳐진 것들과 친구가 되면서 불안의 냄새를 맡을 때마다 길을 걷고 싶어진다. 그래서 발견하는 것들이 있음을 알기에 걷고 또 걷게 되는.

오후의 그림자가 무릎 아래로 나풀거리며 지나가고 아카시이파리가 팔랑거리다 바닥에 떨어진다. 떨어지는 것들을 바라보며 생의 에너지는 어디서 오는지 묻는다. 먼지 덮인 붉은 지붕과 울타리가 부러진 나무 대문 앞에서 빗물이 홈통을 타고 흘러가던 그때를. 첫차를 기다리며 텅 빈 정거장에서 말없이 손을 흔들어주던 다정한 얼굴을. 땀에 흠뻑 젖은 얼굴로 뛰어가 낯익은 이름을 찾던 내겐 그렇게 길은 다양한 이미지로 남아 있다. 방금 전의 기억과 오래전의 시간들이 뒤섞여 있는 금방이라도 무슨 일이 일어날 것만 같은 그 땡볕의 여름을 나는 이미 너무나 멀리 지나쳐버린 것은 아닐지……. 지나와버린 것과 지나쳐버린 것 그 미묘한 의미의 차이를 곱씹으면서.

3부

눈부신 순간에
후드득 떨어지는
기억처럼

2022. 저

어디에도 없는
정원

        톨스토이의 『안나 카레리나』에서 "죽음을 생각했다가도 맛있는 음식이 있고 찬란한 햇살을 만나면 죽음을 잊는다"라고 했다. 의식에 따라 누구나 가질 수 있는 모순적인 내면을 묘사한 것이다. 담쟁이가 벽을 타고 올라갈 때 "저것은 벽, 어쩔 수 없는 벽"이라고 노래한 시처럼 울타리가 허물어진 집. 쓰레기와 함께 마당과 대문만 덩그러니 남아 있는 빈 공간. 그런데 이곳이 '어디에도 없는 정원'이라니……. 어쩌다 이곳은 이런 오묘한 제목을 갖게 된 것일까. 시인의 시선으로 바라보았기에 가능한 제목이란 생각이 들었다. 가파른 언덕과 골목을 한참 지나다 보면 의외의 장소와 만나게 된다. 이곳은 몇 년 전 '키가 자라는 집', '낮가리는 별채' 등과 같이 지어진 포토 스팟의 조성 공간이다.

    그래서일까. 일반 건축물과 달리 골목골목을 걷다 보면 아파트 단지에서는 느낄 수 없는 새로운 재미가 있다. 집집마다 서로 다른 지붕과 창문 그리고 울타리들. 어느 것 하나 똑같은 것이 없다. 모양이 제각각인 울퉁불퉁한 돌담 위에 덧쌓은 적

벽돌의 담장을 가만히 바라보는 것만으로도 그 집의 오래된 내력을 짐작할 수 있어 인상적이었다.

어디 담장뿐이겠는가. 흐르는 강물처럼 집과 함께 나이 들어가는 골목의 사람들. 나무 한 그루도 허투루 지나칠 수가 없다. 주인 대신 텅 빈 집을 지키듯 긴 기럭지 풀만이 무성하게 자라고 있는 '마당 없는 정원'은 마당 한쪽에 놓인 빈 항아리만이 번성했던 가족사를 대신 말하는 듯하다.

하지만 '어디에도 없는 정원'이라니 아무리 둘러봐도 내가 찾는 정원은 없었다. 없는 곳을 존재하게 하는 이곳이야 말로 어쩌면 우리가 찾고 싶어 하는 공간이 아닐까. 이런 생각이 들고 나서야 그동안 협소하기만 한 내 생각의 한계가 느껴졌다. 너무나 편협한 견해에 빠져 볼 수 없었던 것들이 속속들이 보이기 시작했다. **어디에도 없지만 어디에나 존재하는 곳, 그곳을 찾아 나는 오늘도 삶이란 골목을 하염없이 걷고 있다.**

때론 바쁘다는 이유 하나만으로도 용서될 수 있다고 생각했다. 살아 있는 매순간을 상기시키듯 사진첩을 한 장씩 넘겨보

듯 골목은 잊고 있던 순간을 만나게 한다. 불안함에 통제되었던 내 어떤 날들이 보이는 것만 같았다. 어쩌면 지금도 골목 어딘가를 헤매며 '어디에도 없는 정원'을 찾고 있는 사람이 있을지 모른다. 예측을 번번이 벗어나야 비로소 만나게 될 다름 아닌 자유라는 정원을 찾아서.

키가 자라는
집

걷다 보면 뜻밖의 우연과 마주칠 때가 있다. 그럴 때마다 생각에 잠기곤 한다. 어쩌다 뚜껑을 열어본 보물 상자처럼 설레는 공간들이 골목 곳곳에 숨어 있다. '키가 자라는 집'도 그런 곳들 중 하나이다.

골목에서 '키가 자라는 집'을 찾는 것은 쉽지 않았다. 골목 안쪽 깊숙하게 들어가 보면 어느덧 또 다른 막다른 길이 막아섰다. 번번이 내가 가고자 하는 곳과는 다른 낯선 곳 앞에 멈춰서야 했다. 다시 되돌아 나오면 또 다른 골목이다. 그럼에도 불구하고 길은 길과 만나졌다. 한참을 헤매다 골목을 빠져나오니 벽에 등을 기댄 채 담배를 입에 물고 있는 할아버지와 마주쳤다.

"할아버지, 키가 자라는 집이 어디 있는지 아세요?"

"뭐어? 피자 잘하는 집?"

피자집을 왜 찾느냐고 되묻는 할아버지를 뒤로한 채 낯선 담장 앞에 다다랐다. 노란 담장 앞에 머물렀을 때, 그 담장 한쪽 모서리에 '너는 무엇을 키우느냐고 물었을 때 나는 아직 나를 키운다고 대답했다' 이런 문장이 세로로 써 있었다. 그냥 모르고 지나쳤다면 그저 허름한 담장에 지나지 않았다.

대체 우리를 자라게 하는 것은 무엇일까. 노란 페인트칠이 된 담장은 나에게 묻고 있는 듯했다. 가까이 가서 보니 담장 꼭대기에 미니어처로 만들어놓은 집 모양의 구조물이 보였다. 철제로 만들어진 앙증맞은 모양의 집은 담장 위에 또 다른 집이었다. 어쩌면 내 눈앞에 있는 모든 것은 지금 이 순간에도 자라고 있는 중인지 모른다.

대문은 있지만 마당이 없다. 마당만 있고 집은 없다. '집은 있지만 사람이 없다'는 시처럼 사람이 살지 않는 빈집의 의미를 생각해본다. 텅 빈 마당에 사라진 집과 집을 떠난 주인의 흔적만이 바람을 맞고 있다. 상상만 난무하는 '키가 자라는 집'은 빈집이 쓰는 한 편의 시 같다. 텅 빈 마당에 아이가 뛰어놀고 댓돌 아래 고양이가 나른하게 가르랑거리던 오래된 집.

나무의 빈 그림자를 갉아먹고 키가 자라듯 보이지 않는 것을 보이게 하는 것이야말로 가장 힘이 센 것은 아닐까. 문득 그런 생각에 빠져 있는 동안 해가 지고 있었다. 어둠이 천천히 내려앉는 좁은 골목이 바빠지기 시작한다. 그 길이 들려주는 이야기에 나도 모르게 귀 기울이게 된다. 이 또한 살다 보면 자랄 것이 더 남아 있다는 골목의 귀띔은 아닐는지…….

"당신은 지금 자신을 키우고 있는 중인지요?"

골목을 빠져 나오는 내게 누군가 질문을 던질 것만 같은 저녁. 나는 또 다른 방향을 향해 걸어가기 시작했다. **골목에는 키가 자라고 있는 순간들이 있다. 오늘 저녁, 그 찰나에 잠깐 눈을 마주친 것도 같다.**

낯가리는
별채

　　봄은 어김없이 온다. "눈물처럼 동백꽃이 지는 그곳" 가수 송창식이 부른 노래 「선운사」의 한 부분이다. "대숲에 베인 칼바람에 붉은 꽃송이들이 뚝뚝" 이 또한 정태춘의 「선운사 동백꽃이 하 좋다길래」의 노랫말 일부이다. 가장 눈부신 순간에 후드득 떨어지는 동백 꽃잎처럼 사라지는 것을 안타까워하는 사람들이 있다.

　사라지는 기억을 되살리기 위해 '도시 기억하기 사업'으로 예술가들이 약사명동 동네를 돌아다니며 사진을 찍고 시를 썼다. 잊혀지거나 사라져가는 장소에 대한 기억을 남겨두기 위함이다. 도시재생 사업으로 죽어가는 도시를 다시 살려 그 공간을 재개발하는 것을 넘어 소중한 가치를 일깨우기 위한 것이다. 잊혀져가는 장소 중 약사동 9개의 빈집을 3명의 시인이 9개의 시로 '약사詩집'을 만들었다. '메꽃당', '모델 하우스', '생활 너머의 집', '낯가리는 별채', '항해하는 집', '고개를 드는 집', '키가 자라는 집', '어디에도 없는 정원' 등이 그것이다.

　그중에 '낯가리는 별채'는 찾다 못 찾은 곳 중 하나이다. 그동안 춘천이 고향인 나도 이렇게 약사동 골목을 걷는 일은 드물었다. 낯선 골목을 걷는 동안 길을 잃을 때마다 당황스러웠다. 하지만 몇 달 동안 동네 곳곳을 걷다 보니 약사동이 너무 아름다운 동네라는 것을 깨달았다. 왜 이곳이 도시재생 사업으로 건축물과 골목을 지키려고 하는지 알 수 있었다.

겨울 햇살 따라 골목을 걷는 일이 잦아질수록 약사동을 걷는 일이 즐거워졌다. 골목이 또 다른 골목을 잇게 하는 놀라운 발견은 걸어보지 않았다면 미처 알지 못했을 것이다. 무엇에 열중하는지에 따라 대상 속에서 보고자 하는 것이 달라진다. 우리나라 할머니들은 너무도 열심히 산다. 게으름에 강박적일 만큼 부지런하다. 따라서 느림의 의미를 게으르다고 생각하는 부정적인 경향이 있다. 하지만 부지런하지 않는 것에 대한 죄책감이 어디서 비롯되었는지 알 것도 같다. 그런 것에 비하면 유럽의 오후는 사뭇 여유롭다. 스페인 여행길에 마주쳤던 수많은 골목길과 2층 베란다에 환하게 핀 베고니아와 제라늄. 나무 의자에 앉아 꽃들과 함께 오수를 즐기던 노인은 붉은 토분의 따뜻함과 묘하게도 닮아 있었다. 그 뒤로 제라늄이나 베고니아를 보면 백발에 푸른 눈의 노인이 생각나곤 한다. 어쩌면 여행자의 눈으로 바라봤기 때문일지도 모른다.

발바닥이 아프도록 걸었던 스페인의 여러 도시 중에서 바르셀로나와 안달루시아 지방의 중앙에 위치한 코르도바 골목은 지금까지도 인상 깊이 남아 있다. 유네스코 세계문화유산에 등재된 스페인에서 가장 아름답다는 알카사르, 미로 같은 좁은 골목길, 안달루시아를 대표하는 주거 형태인 파티오 등 코르도바의 이색적이고 아기자기한 풍경은 너무나 매력적이다. 또한 영화 <향수>의 배경이기도 했던 바르셀로나 뒷골목도 오랫동안 잊혀지지 않는 풍경 중 하나이다. 화려한 조명 너머로 어두운 도시 뒷골목은 음습하고 침침했다. 하지만 가로등 아래 오밀조밀 모여 있는 오래된 건축물들과 골목은 그 나름의 느낌이 있어 좋았다. 이탈리아 두오모 성당의 둥근 지붕과 좁은 골목을 연결하는 광장들을 보면 길은 길로 통한다는 말이 맞다. 미로 같은 골목에서 길을 잃을까 두려웠지만 그 두려움 속에서 만나는 광장 그 중심은 이방인들에게도 잠시 휴식과 안도감을 준다.

동유럽 여행에서 만났던 체코의 체스키 크롬로프의 붉은 지붕. 붉은 지붕들이 서로 잇닿아 있는 모습은 또한 묘한 아름다움을 느끼게 한다. 프랑스 파리 여행 중에 만났던 파리 몽마르뜨 언덕은 또한 어떠한가. 수많은 거리의 화가들과 수많은 그림들로 가득한 작은 상점들. **사람이 길을 만드는 것인지 길이 사람을 만드는 것인지 오밀조밀한 골목은 또 얼마나 놀라웠던가. 여행객에게 낯선 골목은 두려움과 설렘이 교차한다.** 길을 잘못 들어서면 끝도 없이 펼쳐지는 크고 작은 골목이란 블랙홀 앞에 멈춰서기 일쑤이다. 왁자지껄한 광장과 고요한 성당이 골목을 끼고 함께 공존하는 모습을 잊을 수가 없다. 발자국이 쌓인 골목이란 순례길. 골목 안에 갇혀 길을 잃고 긴장했던 그 시간 또한 모두 잊을 수 없는 그리움으로 남게 되는 것을…….

'낯가리는 별채'를 찾아 약사 골목을 헤매는 동안 이 길들이 또 하나의 여행지가 아닐까 하는 생각을 했다. 이곳이 피렌체의 골목이고 체코의 체스키 크롬로프가 될 수는 없는지, 그런 날이 꼭 왔으면 하는 바람과 함께 나는 골목을 서서히 벗어나기 시작했다.

'네가 좋아하는 것들'이란
질문 앞에서

무엇을 사용할 때 그것은 비로소 의미를 갖는다. 그 의미와 사용이 늘 동일하다고 말할 수는 없지만 그 의미는 소유한 사람을 가리키기도 한다. 손자수로 만든 빈티지 포푸리 주머니는 늘 내 침대 머리맡을 지키고 있다. 몇 년 전 크로아티아 여행 중에 산 것이다. 살다 보면 자꾸만 늘어만 가는 물건을 강제적으로 정리해야만 할 때가 있다. 그래서 **좋아하는 것과 필요한 것 사이에서 나는 종종 길을 잃는다. 하지만 그 절묘한 선택 앞에서 번번이 생각에 잠길 때가 있다.** 버려야 할 것과 남겨야 할 것들 사이에서 정말 마지막까지 내가 간직해야 할 것은 무엇인지 묻게 된다.

얼마 전 지인에게 줄 선물을 사기 위해 핸드메이드 소품을 파는 가게를 찾았다. 예쁜 소품들이 가게 안에 가득해 구경하는 내내 눈이 즐거웠다. 크고 작은 올망졸망한 소품들을 둘러보다 얼마 전 읽었던 '눈'에 관한 신문 칼럼의 한 꼭지가 떠올랐다.

생물학계에서 '캄브리아기 대폭발'이라 불리는 시간이 있다.

화석 기록에 따르면 약 5억 4,000만 년 전 갑작스런 종이 출현했다고 한다. 그 원인을 두고 의견도 분분하다. 흥미로운 주장은 그 무렵 '눈'이 생겨나서 진화에 핵심적 역할을 했다는 것이다. 이전까지는 세상을 보지 못해 어림짐작으로 먹이를 찾아다니던 포식자들은 '눈'이 생겨나자 손쉽게 먹이를 찾아 나설 수 있게 되었다는 이야기다. 암흑 세상에서 살던 생물들에게 빛이 주어지자 종의 다양성이 폭발적으로 증가했다는 설명이다.

인공지능 기술은 컴퓨터에 새로운 '눈'을 달아주었다. 최근 인공지능 분야에서 가장 눈부신 발전을 가져온 분야가 '인공지능 비전'이다. 아무리 과학 기술이 발전했다 해도 인간의 '눈'을 대신할 수 있는 눈은 없기를 바란다. '눈이 보배'라는 말도 있지 않은가. 그만큼 인간의 감각 중 시각이 가장 먼저 반응하기 때문이다. 나 또한 추억이 가득한 포푸리 주머니를 몇 년째 잘 쓰고 있다. 라벤더 오일 몇 방울 떨어뜨린 포푸리 주머니를 머리맡에 두고 잠을 청하면 그나마 불면의 밤에서 벗어날 수 있다. 네가 좋아하는 것들은 무엇이니 스스로 묻게 되는 어느 날. 나는 아직은 이 평온이 소중하다.

청춘
사진관

극지에서 삶을 시처럼 쓰는 사람들이 있다. 실패를 거듭하며 내가 누군지 알게 하는 일이 그럴 것이다. 그것이 청춘이 아닐까. 그 중심에 <청춘 사진관>이 있다. 봄빛 카페 근처에 있는 <청춘 사진관>. 이곳은 젊은이들이 인스타용 사진을 찍는 곳이다. 그런데 사진을 찍는 것이 어디 청춘들뿐이겠는가. 자신의 가장 찬란했던 순간을 오래 남기고 싶은 건 모두 마찬가지일 것이다. 누구에게나 청춘은 있고 또 그 시간은 바람처럼 지나간다. 지나가게 될 찰나를 사진으로 담고 싶은 그 마음. 그 아쉬움이 바로 청춘이 지나가는 길목이다.

환한 조명 아래 시간의 흔적이 빼곡하게 드러난 주름진 얼굴을 남기고 싶은 이는 없을 테니……. 그래서일까 나이를 먹을수록 카메라 앞에 서는 일이 줄고 있다. 환한 웃음소리와 함께 카메라 렌즈 가득 청춘을 담고 있는 모습에 내 시간을 가만히 덧대어본다. 지나간 내 연두의 시간이 잠시 오버랩된다.

기록을 남긴다는 것은 어떤 의미가 있을까. 지나간 청춘의

문을 두드리게 하는 사진 한 장. 그 속에는 시간을 응집하는 힘이 들어 있다. 그것은 보이는 것과 보이지 않는 것을 향한 사진이 갖고 있는 효력이다. 발목이 푹푹 빠지던 그 아득한 청춘이란 시간을 한 장의 필름에 담고 있는 이들을 보며 약사천을 걷는다. 푸른 시간을 심장에 담고 사는 동안은 누구나 청춘이다. 그래서 청춘은 아프거나 아름답기만 한 극단의 길이 아니라 지나온 모든 길을 껴안을 수 있는 여유다.

또한 그때 알지 못했던 것을 알게 되는 과정을 통해 극지의 삶을 시처럼 살게 한다. **고통과 좌절을 딛고 일어서는 찬란한 순간의 능선을 넘는 이들이야말로 청춘이 아닐까.** 삶의 오브제 밀밭을 나는 한 마리 까마귀처럼 한 장의 필름 속에 담는 그 찰나야말로 가장 솔직한 나와 마주하는 것이다. <청춘 사진관>에 달아나는 시간의 속도를 가두어둘 수는 없지만 나이들어간다는 것은 청춘이 가질 수 없는 또 다른 깊이의 달콤함이 있다.

어느 날,
정과

　　　　　　날씨가 추워졌다. 골목을 걷다
커피향이 좋은 곳을 지나다 차 한 잔 시켜놓고 혼자 고요한 시
간을 가질 때가 있다. 따뜻한 차 한 잔만으로도 위로가 될 수
있다면 이 또한 얼마나 다행인가. 주문한 차를 기다리는 동안
부지런한 손놀림으로 디저트를 만드는 주인을 눈여겨봤다. 그
과정이 참 인상 깊었다. 꿀이나 조청에 오랜 시간 조려야 하는
정과는 참 손이 많이 가는 음식이다. 정과는 아직 마카롱과 같
은 서양 디저트보다 익숙하지 않다.

　동양의 차 문화가 서양에 전해진 시기는 대항해 시대가 시작
되었던 16세기 후반 무렵부터다. 극동의 나라에 대한 호기심
과 함께 상하수도가 제대로 갖추어져 있지 않은 열악한 환경
의 유럽. 좋지 않은 수질은 오히려 다양한 차 문화가 발전하는
계기였다. 위기가 기회라는 말처럼 차 문화는 상류층을 중심으
로 자연스럽게 퍼져 나갔다. 다과와 함께한 차 문화의 보급은
네덜란드 상인을 중심으로 시작되었다. 이때 최초로 전해진 차
는 만병통치약 역할을 톡톡히 했다.

그 당시 차를 마실 때 사용되던 도자기는 부의 상징이었다. 뜨거운 차를 손잡이 없이 마시던 불편함을 해소하기 위해 오목한 모양의 잔 받침이 등장한 것도 이 시기이다. 이렇듯 소소한 일상이 그 시대를 대표하는 새로운 문화로 정착하는 계기가 되었다. 점차 황실이나 양반의 폐백 음식이었던 정과가 전통 차뿐만 아니라 커피와 함께 마실 수 있는 디저트로 그 모습을 바꾸어가듯, 1740년경에 손잡이가 붙여진 찻잔과 함께 차를 마시는 차 문화는 빅토리아 시대를 이어 여전히 전해오고 있다. 그렇다면 정과 또한 많은 사람들이 즐겨 먹을 수 있는 디저트로 보편화될 수 있을까.

코로나로 택배나 배달 음식이 주를 이루는 가운데 동의보감에 소개된 정과를 패스트푸드 대신 맛볼 수 있다면 좋겠다. **고단한 하루를 잠시 내려놓고 달콤하고 알싸한 도라지 정과와 함께 한동안 만나지 못한 지인들에게 안부를 물어야겠다.** 감사한 마음도 함께 보자기에 꽁꽁 싸서…….

원래의 방식대로
되돌아가기 위한 일

추워도 너무 춥다. 핸드폰을 깜빡 잊고 집에 두고 와 한 시간 넘게 달려온 거리를 다시 되돌아갈 때부터 머피의 법칙이 작동된 것일까. 하고 많은 날 중 한파주의보가 내린 날. 경주 한옥마을로 1박 2일 여행을 떠났다. 굳이 한옥마을을 가고 싶었던 건 골목이 궁금했기 때문이다. 오밀조밀한 상점들과 오래된 한옥 건축물은 도시의 거리와 또 다른 느낌을 준다. 타임머신을 타고 온 듯 개량 한복이나 근대식 복장을 한 사람들이 영화 세트장 같은 한옥마을을 삼삼오오 짝을 지어 걷고 있었다.

하지만 숙소까지 캐리어를 끌고 가기엔 길은 멀었고 골목의 돌길은 불편했다. 또한 추운 날씨에 웅크린 몸을 펴고 잠을 청하기엔 온돌방은 웃풍이 셌다. 밤새도록 쉬이 잠이 오지 않았다. 다행히 다음날 우연히 걷다 발견한 한약방에서 뜨거운 한방차에 다시 몸이 거뜬해질 수 있었다. 어느새 추위를 잊을 만큼…….

반짝이는 2월의 햇살을 가로질러 가는 사람들이 길 위에 기록되고 있었다. 젊은 여자들은 머리를 양쪽으로 내려뜨리고 한복을 입은 아이들은 씨앗처럼 길 위를 톡톡 뛰어다녔다. 낯선 곳은 마음을 움직이는 어떤 힘이 있는 것 같다. 그래서 다시 원래의 방식으로 돌아가기 위해 기꺼이 길을 떠나는 것이 아닐까.

사유의 가능성이 열려 있는 길은 숭고하다. 때론 순수하지도 숭고하지도 않는 공간에서 벗어나 거친 자연이란 대지로 되돌아갈 때 휘청거리는 나를 만나는 것이다. 어떠한 경험도 불확실성 앞에서 흔들리지 않는 건 없을 테니까. 그것은 일상으로부터 잠시 떠나 있어야 보이는 길의 요구다. 그 조건을 기꺼이 받아들일 때 쓸쓸한 내가 비로소 온전히 느껴졌다.

적막은 나를 끌고
어디로 날아가는 걸까요

미켈란젤로의 침묵이 혈서처럼 써진 천장화. '말할 수 없는 것에 관해서는 침묵해야 한다'는 말처럼 나는 믿기지 않는 인간의 영혼을 들여다봤다. 신비한 그림 앞에서 한동안 움직일 수가 없었다. 시스티나 성당에서 4년 동안 계절을 잊은 채 홀로 그림을 그려야 했던 한 사람의 적막한 시간이 고스란히 느껴졌기 때문이다. 높은 천장과 벽면 가득 미켈란젤로의 <천지창조>와 <최후의 심판>을 보는 내내 내 심장을 관통하는 느낌은 참 놀랍고 신기한 경험이었다. 표현할 수 없는 것을 표현해낸 불가침적인 절정들로 느껴졌다.

수많은 사람들 속에 들려오는 소리. "노 포토!"라고 외치는 경호원의 주의가 무색할 만큼 시스티나 성당은 사람들을 압도시킨다. 사람들 속에 섞여 나 또한 고개를 뒤로 젖힌 채 침묵 속에 빠져들었다. 미켈란젤로는 한쪽 눈의 시력을 잃어가면서까지 천장화를 그렸다. 프레스코화로 그리다 보니 천정에서 떨어진 가루가 그의 눈을 실명케 한 것이다. 화가가 시력을 잃는다는 것은 치명적이다. 그가 자신의 한계를 수없이 극복했어야 할 고통은 얼마나 무거웠을까. 그래서일까. 자신을 넘어선 힘이 느껴졌다. 그건 경이로움이기도 했다.

유럽 여행 내내 쉼 없이 찍어대던 카메라를 잠시 내려놓았던 것도 바로 그때였다. 한동안 나는 그곳에서 멍하게 서 있었다. 그때, 어디선가 내 등을 후려치는 죽비 같은 "노 포토"라는 경호원의 외침이 들렸다. 누군가 카메라 셔터를 몰래 눌렀던 모양이다. 다음 일정을 위해 박물관 통로를 빠져 나오며 익숙한 나로부터의 결별이 필요하다는 것을 느꼈다. 안전한 삶이 사실은 가장 위험한 삶인지 모른다.

미켈란젤로의 고독한 시간과 마주한 나는 왜 낯선 이국까지 와서야 지금의 내가 될 수밖에 없는지 묻고 있었다. **우리는 여행을 통해 나와 타자를 좀 더 깊게 이해하게 된다.** 여행 마지막 날, 파리 호텔 앞에서 여권과 카메라가 든 가방을 모두 잃고 나서야 나는 다시 법정스님의 무소유에 대해 생각했다. 알 수 없는 불안, 그마저도 감수할 수 있는 것이 여행이다. 어느 날 내게 불쑥 찾아와 어딘가로 날아가는 적막 같은 그 별의 세계를 도저히 부인할 수 없는…….

당신이
잠든 사이

철거가 예정된 빈집과 오래된 담장들, 그 균열의 틈 사이로 새어 들어오는 한줄기 빛이 골목의 뒤편을 말하고 있다. 흙먼지 뒤집어쓴 낡은 지붕과 처마 사이로 보이는 깜깜하고 혹은 환한 집들이 그 내력을 수런거리고 있다. 견고할 것만 같았던 건축물을 허물고 짓는 일에 아랑곳하지 않는 힘은 어디서 비롯된 것일까, 약사동 46번지에는 담장에 독특한 그림이 그려진 집이 있다. 연립 주차장을 지나 왼쪽 골목을 따라 걷다 보면 배우 이종석과 수지가 주인공이었던 <당신이 잠든 사이>라는 드라마 촬영 안내판이 붙여진 담장이 보인다.

검은색 벽화가 그려진 담장 너머로 키 큰 나무가 서 있다. 한때 많은 사람들로 북적거렸을 집과 골목은 조용하기만 하다. 바쁘게 지나가는 사람들이 가끔 그 고요를 깨울 뿐이다. <당신이 잠든 사이> 드라마는 예지몽으로 미래를 읽는 여주인공과 그 여주인공을 위험에서 구하기 위해 남자 주인공이 고군분투하며 벌어지는 이야기다.

그 많은 장소 중에 왜 약사동 골목이 드라마 촬영지로 선택되었을까. 약사동 골목은 오래전 모습이 남아 있는 곳이 많다. 주상복합 아파트와 높은 빌딩들 대신 약사동은 기와집을 비롯해 세월에 따라 조금씩 모습을 다듬어간 주택들이 대부분이다. 그 높이가 위압적이지 않아서인지 골목은 골목을 끼고 그들만의 길을 만들어간 것이 분명하다. 그 어디에서도 느낄 수 없는 느낌을 고스란히 지키고 있다.

그래서인지 골목은 사람 냄새 물씬 나는 곳처럼 느껴진다. <당신이 잠든 사이> 드라마에서도 이곳이 여주인공 집으로 등장한다. 금방이라도 내가 봤던 드라마 주인공이 대문을 열고 나올 것만 같은 집. 동판으로 새겨 넣은 드라마 안내판을 한참 들여다보았다. 춘천은 아직 과거의 모습을 담고 있는 곳이 많다. 그러나 대형 아파트 단지가 새로 들어서면서 변화에 몸살을 앓고 있는 중이다.

눈부신 발전도 좋지만 그래도 어제의 모습을 버리지 않는 곳을 보면 반갑다. 약사동이 개발보다 도시 뉴딜정책인 재생을 선택한 것 또한 그런 이유일 것이다. 당신이 잠든 사이에 우리 주변에 무엇이 사라지게 될까. 오래된 담장이 사라지고 낡은 지붕이 사라지고 고양이들이 나른한 오수를 즐기던 골목이 사라진다면 우리에게 남는 것은 무엇일까. 잠든 이 계절을 깨우고 혁신과 개발만을 중요하게 생각하는 마음 한쪽에 느림을 이야기하는 골목에 귀 기울여 보는 것도 필요하다.

어디에나 있지만 어디에도 없는 골목이 더 이상 사라지지 않았으면 좋겠다. 무분별한 개발로 콘크리트로 덧칠되어 사라지는 일이 없도록……. 당신과 내가 잠든 사이 이 소중한 것들을 지키는 일에 외면하는 일이 없도록……. 내가 있는 곳이 바로 나이므로.

봄밤,
폭설은 내리고

　　　　　　"부끄럽다"라는 말이 나를 쉽게 놓아주지 않는다. 영화 <동주> 엔딩 자막이 끝나고 나서도 한동안 나는 자리에서 일어설 수가 없었다, 부끄러움에 대해 말하던 시인 윤동주에게 뒤통수를 한 대 얻어맞은 느낌이었다. 언제부턴가 부끄러움에 무뎌지고 있는 나를 부끄러워하지 않고 있다는 것이 너무나 부끄러웠다. 나는 붉어진 얼굴로 영화관을 서둘러 벗어나기 시작했다.

　밖은 이미 어두워졌고 펑펑 눈이 내리고 있었다. 거짓말이 더 이상 부끄럽지 않게 된 상식을 배반하는 시대. 봄밤 때 아닌 폭설이라니 눈이 녹고 나면 골목의 얼룩진 민낯이 들어날 것이다. **부끄러움을 모르는 세상이 부끄러운 밤, 나는 눈 내리는 길을 혼자 걸었다.** 쌓이는 눈 위로 또 다른 새 길이 만들어졌다. 부끄러움을 잊고 살 때마다 산수유나무마다 천 개의 눈이 쌓이는 어느 봄밤이다.

와플을
굽는 동안

와플을 굽는 여자의 등이 동그
랗다. 그녀의 미소가 와플을 담은 봉지 속으로 쏟아진다. 그
봉지 속으로 누군가 잃어버린 희망 한 봉지도 따라 들어간다.
집 앞 마트에서 와플을 굽는 여자. 와플을 재촉하는 줄 선 손
님들 앞에서도 입가의 미소를 잃지 않는다. 그런 그녀는 이천
원짜리 와플을 굽는 게 아니라 돈으로 계산할 수 없는 아름답
고 소중한 삶의 가치를 굽고 있는 중이다. 상처 입은 이들의 영
혼을 쓰다듬어주는 듯 봄 햇살이 반짝인다.

　주말이어서 그런지 대형 마트 안은 사람들로 북적거렸다. 사
람들 틈을 비집고 나는 고소하고 달달한 냄새가 가득한 와플
가게로 발걸음을 옮겼다. 와플을 사려는 사람들로 가게 앞은
긴 줄이 이어졌다. 길게 늘어 선 사람들 시선이 모두 여자에게
쏠렸다. 갈색 페라도 모자를 눌러 쓴 작은 몸집의 여자는 와
플 기계에 반죽을 붓고 구워진 와플을 꺼내는 동작을 반복했
다. 다 구워진 와플에 여자의 부지런한 손길 따라 바닐라 아이
스크림과 딸기잼이 듬뿍 발라졌다. 주문한 와플 봉지를 하나

둘씩 받아 든 사람들이 총총히 마트 밖으로 사라졌다.

봄 햇살이 페라도 모자를 쓴 여자의 흰 목덜미에 남실거렸다. 나는 다른 사람들처럼 내 차례가 오기까지 끊임없이 반복되는 여자의 부지런한 손놀림에 집중했다. 순간 한결같이 여자 입가에 가득한 미소를 보았다. 바쁘다 보면 무의식적으로 얼굴 표정이 굳어질 법한데도 여자는 환한 미소를 잃지 않았다. 한참을 기다리고서야 난 여자에게서 와플이 든 봉지를 받아 들었다.

"바쁜데도……. 그 미소 참 보기 좋아요."

나는 미소 가득한 그녀 자신이 얼마나 아름다운지 꼭 말해주어야 할 것 같았다. 그렇지 않으면 후회할지 모른다는 생각이 들었다. 왜 그랬을까. 왜 그 순간 그런 생각이 들었던 것일까.

따뜻한 미소를 지니고 살기엔 결코 녹록지 않은 삶이라고 말한다. 얼마의 시간을 더 보내고서야 욕망에 눈먼 삶이 투명해질 수 있을까. 니체의 말처럼 양심이라 믿고 있는 것이 실은 보편성을 잃은 자신의 또 다른 내면의 소리는 아닌지……. 지금보다 더 많은 것을 소유하면 행복할 수 있을까. 소유와 무소유가 공존하는 세계. 슬픈 우리의 자화상인지 모른다.

자신의 모든 것을 내려놓고 세상을 향해 탁발을 나선 승려 싯다르타가 깨달은 것은 사성제(四聖諦)이다. 사성제는 글자 그대로 네 가지 성스러운 진리를 의미한다. 고통, 집착, 소멸, 방법, 즉 고집멸도(苦集滅道)로 정리될 수 있는 네 가지 가르침이다. 우리 마음에는 불가피하게 고통이 찾아온다. 그 고통의 원인은 바로 '집착'에 있다. 즉 마음의 고통은 결과이고, 집착이 고통의 원인이다. 그렇다면 마음의 집착만 사라진다면 고통이 사라질 수 있을까. 소멸은 바로 우리가 말하는 '열반'이다. 마음의 고통을 치유하는 방법은 다름 아닌 내 영혼의 평화를 지키는 일이다. 하지만 그 평화라는 것이 성공을 통한 삶의 안정과는 분명 다르기에 비우고 비우는 일 자체가 나에겐 고통이다. 열반은커녕 마음을 비우는 일 또한 내게는 쉽지 않다. 와플을 사서 돌아오는 동안 그녀는 내게 깊은 생각의 숲을 거닐

게 했다.

　행복하고 아름답고 감사하다는 건 자신의 삶을 존엄하게 여기는 일이다. 하루치 밥값이 와플기계에서 벌집무늬로 구워지는 동안 주말인데도 늦은 퇴근을 서두르는 젖은 발자국들. 상처 입은 날개를 터는 새처럼 이천 원의 달달한 희망이 달처럼 구워지는 봄밤. 그 하루가 천천히 익어가고 있다. 어디선가 달을 보며 희망을 소망하는 이들의 와플 굽는 냄새가 나는 것도 같다. **난 마트에서 만난 여자처럼 고소하고 달달한 희망을 굽고 싶다. 자박자박 봄길 밟는 바람 소리가 들려온다. 아카시나무 아래 새들의 그림자가 내려앉는다.**

김정미 산문집

골목, 게으른 산책자

1판 1쇄 발행   2022년 11월 30일

지은이   김정미
발행인   윤미소
발행처   (주)달아실출판사

책임편집   박제영
디자인   전형근
법률자문   김용진

주소   강원도 춘천시 춘천로 257, 2층
전화   033-241-7661
팩스   033-241-7662
이메일   dalasilmoongo@naver.com
출판등록   2016년 12월 30일 제494호

ⓒ 김정미, 2022
ISBN 979-11-91668-59-9 03810